ZUN

Tradução e comentários
ANA CAROLINA MESQUITA

VIRGINIA

JUNTOS E SEPARADOS

SOBRE OS CONTOS EM TORNO DE
MRS. DALLOWAY

Entre 1922 e 1925, Virginia Woolf escreveu uma série de pequenas histórias sobre o tema da festa, mais ou menos ao mesmo tempo que redigia aquele que talvez seja seu romance mais famoso, *Mrs. Dalloway*. Dois deles foram escritos antes ou durante a escrita do livro, enquanto os outros cinco surgiram logo depois da sua conclusão, como histórias independentes que ora giram em torno desse tema, ora o ampliam.

A festa foi uma das temáticas que mais obcecaram Virginia. A festa enquanto acontecimento representa um microcosmo que é atravessado pela beleza, pela celebração, pelas aparências e pela confirmação das posições sociais – e, portanto, em sua outra face, pela melancolia, pelo lamento e pela frustração das expectativas e sonhos.

No manuscrito que contém as anotações da composição de *Mrs. Dalloway*, temos a seguinte inscrição, de 6 de outubro de 1922:

> Ideia de iniciar um livro a ser chamado, talvez, de Em Casa: ou A Festa:
>
> Será um livro curto, com seis ou sete capítulos, cada qual com uma existência separada, completa.
>
> Mas deverá haver alguma espécie de fusão!
>
> E todos irão convergir na festa, ao final.

Virginia não costumava demorar-se no universo de nenhum de seus romances após seu término. Via de regra, os períodos imediatamente seguintes ao encerramento de um romance eram seguidos de um profundo esgotamento e, com frequência, silêncio e depressão.

O fato de que após concluir *Mrs. Dalloway* (um livro que lhe exigiu muitíssimo) ela tenha escrito histórias que se desmembram da festa de Clarissa, ou orbitam a personagem, indica o quanto se fixava sobre o tema. A festa de Clarissa adquire uma espécie de vida própria, que ultrapassa *Mrs. Dalloway*.

SOBRE ESTE CONTO

Provavelmente escrito no início de 1925 – portanto, pouco antes da publicação do romance, que se deu em maio daquele ano –, "Juntos e separados" só foi publicado postumamente, na coletânea *A Haunted House* (1944), organizada por Leonard Woolf. Seu título de trabalho era "The Conversation" ("A conversa"), algo condizente com o fio condutor de todos os contos e esboços que se passam na sala de estar do casal da alta sociedade Clarissa e Richard Dalloway. Nessas histórias, as falhas de comunicação são uma constante: as oportunidades de troca social acabam desembocando não em alianças, mas numa série de mal-entendidos, ensimesmamentos e incapacidade de compartilhar experiências e visões de mundo.

Aqui, Ruth Anning, uma solteirona de quarenta anos, e Roderick Serle, um homem casado de cinquenta, são apresentados um ao outro por Clarissa na festa (aquela que encerra o romance *Mrs. Dalloway*). Enquanto o mundo de Serle parece revolver em torno de uma superficialidade social que, segundo ele sente, o alheia de sua verve poética, o mundo de Anning, circunscrito à vida doméstica, se apequenou demais. Os dois guardam em segredo uma paixão pela cidade da Cantuária, que representa o sonho perfeito – perfeito porque irrealizado, congelado no tempo que passou, e, portanto, um consolo contra a realidade atual, com a qual não se identificam.

Ao descobrirem que compartilham o mesmo tesouro secreto, a Cantuária, Anning e Serle vivem um breve instante mágico de comunhão mútua. "É sempre um choque", comenta Serle, "quando por acaso, como ocorreu, conhecemos alguém que marginalmente menciona, por casualidade, algo que significou muito para nós mesmos." No entanto, a ironia é que o momento sublime da conexão, que poderia ser redentor, é para eles intolerável.

Vivido pelos dois personagens como algo "alarmante, terrível", acaba levando não a uma fusão, e sim a uma colisão, da qual precisam ser salvos (não nos esqueçamos que, ironicamente, a Cantuária foi um dos principais locais de peregrinação espiritual na Idade Média). Sendo este um conto do século XX, a salvação não chega do divino e sim de uma convidada, que devolve a Serle e Anning a chance de se separarem – tanto um do outro quanto, mais uma vez, e talvez definitivamente, de si mesmos.

JUNTOS
E SEPARADOS

Mrs. Dalloway os apresentou, dizendo você vai gostar dele. A conversa começou minutos antes que se dissesse qualquer coisa, pois tanto Mr. Serle quanto Miss Arming olharam para o céu e, na cabeça de ambos, o céu seguiu vertendo seu significado, embora de modo bastante diferente, até que a presença de Mr. Serle ao seu lado tornou-se tão distinta que Miss Anning já não conseguia ver o céu em si mesmo, simplesmente, não mais, mas o céu escorado pelo corpo alto, os olhos escuros, o cabelo grisalho, as mãos entrelaçadas, a severa melancolia (embora tivessem lhe dito "falsa melancolia") do rosto de Roderick Searle, e, mesmo sabendo que era tolice, sentiu-se impelida a dizer:

– Que noite mais linda!

Que tolice! Que tolice mais patética! Mas uma pessoa tinha direito à tolice, aos quarenta anos de idade e diante do céu, que faz do mais sábio imbecil – simples fiapos de palha –, dela e de Mr. Serle átomos, ciscos, ali de pé à janela de Mrs. Dalloway, e de suas vidas, vistas ao luar, algo tão longo quanto a vida de um inseto e tão importante quanto.

– Bem! – disse Miss Anning, dando um tapinha na almofada do sofá com ênfase. E ele foi se sentar ao lado dela. Seria ele "falsamente melancólico" como diziam? Incitada pelo céu, que parecia tornar tudo aquilo um pouco fútil – o que eles diziam, o que faziam –, ela voltou a dizer uma perfeita banalidade:

– Na minha época de garota na Cantuária havia uma Miss Serle por lá.

Tendo o céu em mente, os túmulos de todos os ancestrais de Mr. Serle imediatamente surgiram à frente dele sob uma luz romântica azulada, e ele disse, enquanto seus olhos se dilatavam e escureciam:

– Sim. Somos de uma família normanda, chegada com o Conquistador. Um tal Richard Serle, enterrado na Catedral. Um cavaleiro da Jarreteira.

Miss Arming teve a sensação de haver encontrado inesperadamente com o verdadeiro homem, sobre o qual fora construído o falso. Sob a influência da lua (a lua, que simbolizava o homem para ela; podia vê-la por uma fresta da cortina e nela dava pequenos tragos), era capaz de dizer praticamente qualquer coisa e se determinou a exumar o verdadeiro homem enterrado embaixo do falso, dizendo a si mesma: "Avante, Stanley, avante", um lema seu, um estímulo secreto, ou um desses flagelos que as pessoas de meia-idade com frequência usam para fustigar algum vício empedernido, sendo o dela uma timidez deplorável, ou melhor, uma indolência, pois não é bem que lhe faltasse coragem mas sim energia, principalmente ao conversar com homens, que a amedrontavam sobremaneira, e com que frequência as conversas dela acabavam se desfazendo em banalidades, e tinha pouquíssimos amigos homens – aliás, pouquíssimos amigos íntimos, pensou; mas no fim das contas, ela os queria? Não. Tinha Sarah, Arthur, a casa, o cachorro chow, e é claro, *isso*, pensou, sentada no sofá ao lado de Mr. Serle, mergulhando, embebendo-se *nisso*, na sensação que tinha ao voltar para casa de que havia algo reunido ali, um punhado de milagres, que não podia crer que outras pessoas tivessem (já que era unicamente ela que tinha Arthur, Sarah, a casa e o cachorro chow), mas ela se embebeu mais uma vez naquela sensação profundamente satisfatória de posse, sentindo que com isso e a lua (era música, a lua), podia se dar ao luxo de deixar aquele homem e o seu orgulho dos Serle sob a terra. Não! Esse era o perigo – ela não podia afundar na letargia – não na sua idade. "Avante, Stanley, avante", disse a si mesma, e perguntou-lhe:

– O senhor conhece a Cantuária?

Se ele conhecia a Cantuária! Mr. Serle sorriu, pensando no quanto era absurda a pergunta – no quanto ela ignorava, aquela mulher simpática e calada que tocava algum instrumento, que parecia inteligente e tinha belos olhos, e usava um lindíssimo colar antigo – no quanto ela ignorava o significado daquilo. Perguntar se ele conhecia a Cantuária! Quando os melhores anos da sua vida, todas as suas lembranças, coisas que ele nunca fora capaz de dizer a ninguém, mas tentara escrever – ah, como tentara escrever (e suspirou) –, tudo estava centrado na Cantuária. Era de morrer de rir.

O suspiro dele e depois sua risada, sua melancolia e seu senso de humor, faziam com que as pessoas o apreciassem, e ele sabia disso, contudo ser apreciado não compensava sua frustração, e se por um lado ele se aproveitava do apreço que as pessoas lhe tinham (fazendo longas visitas a damas afáveis, longas, longas visitas), não era sem um pouco de amargura, pois nunca fizera um décimo do que poderia ter feito e que sonhara em fazer, quando menino na Cantuária. Diante de uma estranha sentiu as esperanças se renovarem, pois ela não poderia acusá-lo de não ter feito o prometido, e ceder ao charme dele representaria um novo começo – aos cinquenta! Ela atingira a fonte. Campos e flores e edifícios cinzentos formaram gotas prateadas que escorreram pelas paredes áridas e escuras da mente de Mr. Serle. Era com uma imagem assim que seus poemas costumavam começar.

Ele sentiu o desejo de formar imagens agora, sentado ao lado daquela mulher quieta.

– Sim, conheço a Cantuária – disse ele, de modo nostálgico, sentimental, como que convidando, foi a impressão de Miss Anning, perguntas discretas, e era isso que o tornava interessante para tanta gente, e fora essa sua extraordinária facilidade e receptividade a conversas que tinham sido sua desgraça, como tantas vezes pensava ao tirar as abotoaduras e colocar as chaves e o troco sobre a penteadeira depois de uma daquelas festas (e ele saía às vezes quase todas as noites numa temporada), e então, ao descer para o café da manhã, tornava-se um tanto diferente, rabugento, desagradável com sua esposa, que era uma inválida e nunca saía de casa, mas tinha velhos amigos que vinham vê-la às vezes, amigas em sua maioria, interessadas em filosofia indiana e diferentes curas e diferentes médicos, coisa que Roderick Serle depreciava com algum comentário cáustico inteligente demais para ela contestar, a não ser com queixas gentis e uma lágrima ou duas – ele fracassara, pensava com frequência, por não ter sido capaz de romper completamente com o convívio social e a companhia das mulheres, tão necessária para ele, e escrever. Tinha se envolvido com a vida de modo profundo demais – e neste ponto ele cruzaria os joelhos (todos os seus movimentos eram ligeiramente não convencionais e distintos) e, em vez de culpar a si mesmo, culparia a opulência de sua personalidade, que ele comparava favoravelmente com a de Wordsworth, por exemplo, e, por ter dado tanto às pessoas, sentia, apoiando a cabeça nas mãos, que em troca elas tinham a obrigação de ajudá-lo, e esse foi o prelúdio, trêmulo, fascinante, excitante, da conversa; e imagens borbulharam em sua mente.

– Ela é como uma árvore frutífera... como uma cerejeira em flor – disse ele, olhando uma mulher jovial de belos cabelos brancos. Era uma imagem boa, pensou Ruth Anning – sim, muito boa, porém não sabia ao certo se gostava daquele homem distinto e melancólico e seus gestos; é estranho, pensou ela, como os sentimentos são influenciados. Não gostava dele, embora lhe agradasse bastante aquela comparação da mulher com uma cerejeira. Fibras de seu ser flutuavam caprichosamente para lá e para cá, como os tentáculos de uma anêmona-do-mar, ora empolgados, ora decepcionados, e seu cérebro, a milhas dali, frio e longínquo, nas alturas, recebia mensagens que depois resumiria a tempo para que, quando as pessoas falassem de Roderick Serle (e ele era um tanto popular), ela dissesse sem hesitação: "Gosto dele" ou "não gosto dele", e sua opinião estaria formada para sempre.

Um pensamento estranho; um pensamento solene; que atirava uma luz verde sobre a natureza da irmandade humana.

– É estranho que a senhora conheça a Cantuária – disse Mr. Serle. – É sempre um choque – continuou ele (após a passagem da mulher de cabelo branco) – quando por acaso, como ocorreu, conhecemos alguém – (eles nunca tinham se visto antes) – que marginalmente menciona, por casualidade, algo que significou muito para nós mesmos, pois suponho que a Cantuária não passou de uma bela cidade histórica para a senhora. Então passou um verão lá com uma tia? – (Era tudo o que Ruth Anning pretendia dizer sobre sua visita à Cantuária.) – E visitou os pontos turísticos, foi embora e jamais voltou a pensar no assunto.

Que ele pensasse o que bem entendesse; não gostava dele, então que fosse embora com uma ideia absurda a respeito dela. Pois a verdade é que os três meses que ela passou na Cantuária foram fantásticos. Lembrava-se até o último detalhe, embora tivesse sido apenas uma visita ocasional, para ver Charlotte Serle, uma conhecida da sua tia. Mesmo agora ainda seria capaz de repetir as palavras exatas de Miss Serle sobre os trovões. "Sempre que acordo no meio da noite e ouço trovões, penso 'Mataram alguém'." E ainda era capaz de ver o tapete firme, peludo, com estampa de losangos, e os olhos castanhos cintilantes, encobertos, da velha senhora, segurando a xícara de chá vazia enquanto fazia aquele comentário sobre trovões. E via sempre a Cantuária – nuvens carregadas e lívidos botões de macieira, e os longos muros cinzentos de trás dos edifícios.

Os trovões a despertaram de seu arrebatamento de indiferença pletórico da meia-idade; "Avante, Stanley, avante", disse a si mesma; este homem não irá se despedir de mim, como todo mundo, com essa falsa suposição; eu lhe contarei a verdade.

– Adorei a Cantuária – disse ela.

Ele se acendeu imediatamente. Era seu dom, seu defeito, seu destino.

– Adorou a Cantuária – repetiu ele. – Bem vejo.

Os tentáculos dela enviaram a mensagem de que Roderick Serle era agradável.

Os olhos dos dois se encontraram; ou melhor, colidiram, pois cada qual sentiu que, por trás dos olhos, o ser recluso, que se esconde na escuridão enquanto seu colega ágil e superficial cuida de fazer acrobacias e de se sobressair para o espetáculo continuar, subitamente se levantou, atirou longe o manto e confrontou o outro. Foi alarmante; foi terrível. Eram ambos idosos e tinham sido polidos até adquirir uma luminosa suavidade; pois Roderick Serle ia talvez a uma dúzia de festas numa temporada e não sentia nada fora do comum, ou apenas arrependimentos sentimentais e o desejo por belas imagens – como aquela da cerejeira em flor –, enquanto todo o tempo estagnava inalterada dentro dele uma espécie de superioridade em relação a seu círculo, uma sensação de recursos não explorados, que o fazia voltar para casa insatisfeito com a vida, consigo mesmo, bocejando, vazio, inconstante. Mas agora, repentinamente, como um raio branco em meio à névoa (essa imagem forjou a si mesma com a inevitabilidade do relâmpago e pairou ameaçadora), acontecia aquilo; o antigo êxtase da vida; o ataque invencível; pois, se por um lado era desagradável, ao mesmo tempo regozijava e rejuvenescia e preenchia as veias e nervos com filamentos de gelo e fogo; era aterrorizante.

– A Cantuária vinte anos atrás – disse Miss Anning, como alguém que tapa uma luz intensa, ou cobre um pêssego chamejante com uma folha verde, por ser tão intenso, tão maduro, tão pleno.

Às vezes se arrependia de não ter se casado. Às vezes a gélida paz da maturidade, com seus automatismos para proteger a mente e o corpo dos hematomas, parecia-lhe, se comparada aos trovões e aos lívidos botões de macieira da Cantuária, mais com os relâmpagos, mais intensa. Bem podia imaginar...

E, estranhamente, pois jamais vira aquele homem antes, os sentidos dela, os tentáculos que ora se empolgavam, ora se decepcionavam, agora já não enviavam mais mensagens, agora jaziam dormentes, como se ela e Mr. Serle se conhecessem perfeitamente, como se na verdade estivessem unidos com tanta proximidade que só lhes bastasse flutuar lado a lado pela corrente.

Não há nada tão estranho quanto as relações humanas, pensou ela, graças às suas mudanças, sua extraordinária irracionalidade; agora o desapreço dela não passava do mais intenso e arrebatado amor, mas tão logo a palavra "amor" lhe ocorreu, ela a rejeitou, tornando a pensar no quanto era obscura a mente, com suas pouquíssimas palavras para todas aquelas assombrosas percepções, aquelas alternâncias entre sofrimento e prazer. Pois que nome dar àquilo? Era o que ela sentia agora, o retraimento da afeição humana, a desaparição de Serle e a necessidade instantânea que os dois tinham de encobrir algo tão desolador e degradante à natureza humana que todos se esforçavam para enterrá-lo longe de vista – esse retraimento, essa violação da confiança; e, buscando alguma forma de enterro decente, reconhecida e aceita, ela disse:

– Podem fazer o que quiserem, mas jamais conseguirão estragar a Cantuária.

Ele sorriu; ele aceitou; cruzou os joelhos para o outro lado. Ela fez o papel dela; ele, o seu. Desse modo as coisas chegaram ao fim. E sobre os dois instantaneamente caiu um vazio paralisante de sentimentos, quando nada irrompe da mente e todos os seus muros parecem feitos de tábuas; quando o vazio quase dói, e os olhos petrificados e fixos visualizam um mesmo ponto – uma estampa, um balde para carvão – com uma exatidão aterrorizante, pois não há emoção, nem ideia, nem impressão de nenhuma espécie capaz de alterá-la, modificá-la, embelezá-la, pois as fontes do sentimento parecem estar lacradas, e a mente se torna rígida, assim como o corpo; árida, estatuária, de maneira que nem Mr. Serle nem Miss Anning eram capazes de se mover ou falar, e foi como se um mágico os houvesse libertado, e a primavera inundasse cada uma de suas veias com ondas de vida, quando Mira Cartwright, dando um tapinha malicioso no ombro de Mr. Serle, disse:

– Vi você no Meistersinger, mas você me ignorou. Seu bandido – disse Miss Cartwright. – Não merece que um dia eu volte a lhe dirigir a palavra.

E eles, então, puderam se separar.

NOTA SOBRE A TRADUTORA

Ana Carolina Mesquita, tradutora, é doutora em Letras pela Universidade de São Paulo (USP) e autora da tese que envolveu a tradução e análise dos diários de Virginia Woolf. Foi pesquisadora visitante na Columbia University e na Berg Collection, em Nova York, onde estudou modernismo britânico e trabalhou com os manuscritos originais dos diários. É dela também a tradução do ensaio *Um esboço do passado* (2020), bem como de *A morte da mariposa* (2021), *Pensamentos de paz durante um ataque aéreo* (2021), *Sobre estar doente* (2021, cotradução com Maria Rita Drumond Viana), *Diário I*, 1915–1918 (2021), *Diário II*, 1919–1923 (2022), *Diário III*, 1924–1930 (2023), todos publicados pela Editora Nós.

© Editora Nós, 2023

Direção editorial SIMONE PAULINO
Editor SCHNEIDER CARPEGGIANI
Editora assistente MARIANA CORREIA SANTOS
Assistente editorial GABRIEL PAULINO
Revisão ALEX SENS
Projeto gráfico BLOCO GRÁFICO
Assistente de design STEPHANIE Y. SHU
Tratamento de imagem CASA DO TRATAMENTO
Produção gráfica MARINA AMBRASAS
Coordenador comercial ORLANDO RAFAEL PRADO
Assistente comercial LIGIA CARLA DE OLIVEIRA
Assistente de marketing MARIANA AMÂNCIO DE SOUSA
Assistente administrativo CAMILA MIRANDA PEREIRA

Imagem de capa e pp. 12–13:
© Smith Archive / Alamy Stock Photo (julho de 1992)

*Texto atualizado segundo o novo
Acordo Ortográfico da Língua Portuguesa.*

Todos os direitos desta edição reservados à Editora Nós
Rua Purpurina, 198, cj 21
Vila Madalena, São Paulo, SP | CEP 05435-030
www.editoranos.com.br

Dados Internacionais de Catalogação na Publicação (CIP)
de acordo com ISBD

W913a
Woolf, Virginia
   Juntos e separados / Virginia Woolf
   Título original: *Together and apart*
   Tradução: Ana Carolina Mesquita
   São Paulo: Editora Nós, 2023
   40 pp.

ISBN: 978-65-85832-16-8

1. Literatura inglesa. 2. Ficção. 3. Contos.
4. Woolf, Virginia. I. Mesquita, Ana Carolina. II. Título.

	CDD 823
2023-3701	CDU 821.111

Elaborado por Vagner Rodolfo da Silva, CRB-8/9410

Índice para catálogo sistemático:
1. Literatura inglesa 823
2. Literatura inglesa 821.111

Fontes GALAXIE COPERNICUS, TIEMPOS
Papel ALTA ALVURA 120 g/m²
Impressão MARGRAF